Sylvie Desormeaux

Jasmine Dubé

Nazaire
et les
mousquetaires

Illustrations
de Sylvie Daigle

D0288435

la courte échelle
Les éditions de la courte échelle inc.

Les éditions de la courte échelle inc.
5243, boul. Saint-Laurent
Montréal (Québec) H2T 1S4

Conception graphique:
Derome design inc.

Révision des textes:
Jean-Pierre Leroux

Dépôt légal, 1er trimestre 1995
Bibliothèque nationale du Québec

Données de catalogage avant publication (Canada)

Dubé, Jasmine

Nazaire et les mousquetaires

(Premier Roman; PR39)

ISBN: 2-89021-231-9

I. Daigle, Sylvie. II. Titre. III. Collection.

PS8557.U224N39 1994   jC843'.54   C94-941459-X
PS9557.U224N39 1994
PZ23.D82Na 1994

Jasmine Dubé

Née à Amqui, Jasmine Dubé a fait des études en interprétation, à l'École nationale de théâtre, à Montréal. On peut maintenant apprécier ses talents de comédienne au théâtre et à la télévision. On peut aussi lire ses ouvrages. Elle a déjà publié quatorze titres: albums, romans et textes de théâtre. Elle a collaboré à la série *Passe-Partout*. Et, à l'occasion, elle rencontre des groupes de jeunes dans les écoles.

Le Prix de la meilleure production jeunes publics 1991-1992, remis par l'Association québécoise des critiques de théâtre, a couronné le spectacle *Petit Monstre*. Sa pièce *Bouches décousues* a été jouée au Québec, en Suisse et en France. Sa pièce *Pierrette Pan, ministre de l'Enfance et des Produits dérivés* a été créée aux Coups de théâtre, rendez-vous international de théâtre jeune public. Certains de ses textes ont été traduits en anglais et en italien. *Nazaire et les mousquetaires* est le deuxième roman qu'elle publie à la courte échelle.

Sylvie Daigle

Sylvie Daigle est née à Montréal. Elle a fait des études en traduction et en graphisme. Elle a aussi fait du mime, ce qui lui facilite la tâche quand elle dessine. Elle travaille dans le domaine des arts visuels depuis une vingtaine d'années. Elle partage son temps entre le graphisme et l'illustration. On peut voir ses illustrations dans des brochures, des revues et des livres.

Nazaire et les mousquetaires est le deuxième roman qu'elle illustre à la courte échelle.

De la même auteure, à la courte échelle

Collection Premier Roman
Fais un voeu, Nazaire!

Jasmine Dubé

Nazaire et les mousquetaires

Illustrations
de Sylvie Daigle

la courte échelle

À Jérôme,
Annie et Robert

1
L'Halloween

Ce soir, je passe l'Halloween avec maman, Luca et sa mère. Je me suis fait un costume de sorcier, bleu nuit à pois dorés. J'ai une baguette magique et ma citrouille pour ramasser des bonbons. Je porte ma tirelire autour du cou.

Luca s'est déguisé en momie. Moi, je trouve qu'il ressemble plus à un fantôme qu'à une momie, mais lui dit que non. Je n'insiste pas, mais je ris dans ma barbe. On n'a plus les momies qu'on avait!

Luca, c'est mon meilleur

momie. Euh... je veux dire: mon
meilleur ami. On se connaît depuis toujours. On n'était même
pas nés qu'on se connaissait déjà. Nos mères sont amies, elles
aussi. Elles étaient enceintes de
nous en même temps.

Parfois, Luca et moi, on s'imagine lorsqu'on était dans le ventre de nos mères.

— Peut-être qu'elles cognaient leurs bedaines l'une contre l'autre quand elles se faisaient des bisous. Boung! Boung!

— Peut-être que nous, à ce moment-là, bien au chaud dans leurs ventres, on disait: «Tchin-tchin!»

On rigole quand on se raconte ça, Luca et moi.

Nos mères sont déguisées en sorcières. Elles sont horribles à voir avec leurs nez de sorcière et leurs verrues en pâte à modeler.

Notre bébé, le petit pois, est dans le ventre de ma mère. Il n'est pas déguisé, lui. C'est sûr, il est tout nu. Mais il vient quand même avec nous. Il ne quitte pas ma mère d'une bedaine.

Ma chienne Caramel nous accompagne. Je lui ai fait un magnifique costume de poupon. J'ai posé un bonnet de bébé sur sa tête et je lui ai mis une couche. J'ai accroché une tétine autour de son collier. Elle est ravissante.

On commence par faire le tour du quartier de Luca, puis on va dans ma rue. Mon grand-père nous attend. Chaque année, il vient passer l'Halloween avec moi.

Grand-papa est déguisé en abominable homme des bois. Il a des cornes de chevreuil sur la tête et des plumes de perdrix dans le cou. Il porte le vieux manteau de fourrure de ma grand-mère.

— C'est parce que je suis fri-leux, mon *écureux*.

On ramasse pas mal d'argent pour l'UNICEF et au moins deux tonnes et trois quarts de bonbons.

Nos sorcières de mères ins-pectent nos citrouilles. Elles veulent voir s'il ne s'y cache pas un bonbon enrobé de poi-son. Ou encore un crabe mou déguisé en jujube. Parce que moi, je suis allergique au crabe mou. Elles sont drôles, nos mères.

Il est tard quand mon ami-momie et sa mère rentrent chez eux. Les sorcières s'embrassent. La momie-fantôme et le sorcier se disent «à demain» et le poupon-chien bat de la queue.

L'abominable homme des

bois leur envoie la main. Je suis content parce que mon grand-père dort chez nous, cette nuit.

Ça a été une superbe fête d'Halloween. J'ai tellement de bonbons que ma citrouille déborde.

Je promets à mes parents qu'il en restera quand le petit pois viendra au monde. Je lui fais un joli paquet que je mets dans ma boîte à objets de bébé. Je les garde pour lui.

— Bonne nuit, papa. Bonne nuit, grand-papa. Bonne nuit, maman. Bonne nuit, petit pois.

— Nazaire, tu n'oublies pas de faire pipi et de brosser tes dents?

— Ouais, ouais.

Il est chanceux, le petit pois: il n'a pas besoin de mettre un pyjama, lui, ni de se brosser les dents. Et il ne fait pas pipi dans les toilettes non plus. Abracadabru!

2
Le petit garçon
en chocolat

Ma mère a moins mal au coeur aujourd'hui. Depuis que le petit pois s'est installé dans son ventre, elle est plus fatiguée. Elle se couche de bonne heure. Elle fait même des siestes pendant la journée! Un vrai bébé!

Parfois, je la trouve un peu plate. L'autre jour, elle n'a pas voulu monter dans l'arbre avec moi. D'habitude, elle veut, mais là, elle a dit qu'elle ne pouvait pas à cause du petit pois. Franchement!

Parfois, j'en ai ras le bol. Je suis content que ma mère soit enceinte. Mais je suis tanné aussi parce qu'elle n'est plus comme avant.

En plus, elle veut toujours manger des bananes avec du poivre. Mon père, qui déteste les bananes, est aussi découragé que moi.

On va de plus en plus souvent au marché. Elle a le goût de manger de drôles d'aliments: des figues, des endives. Du cresson. Des papayes. Du fenouil.

Et pourquoi pas du pâté chinois à la noix de coco, tant qu'à y être! Ou de la pizza au caramel! Ou de la crème glacée aux patates! Espérons que le petit pois a le coeur solide.

Quand mon frère ou ma soeur va naître, je vais lui apprendre à grimper aux arbres. J'ai hâte.

Grand-papa dit que, lorsque je serai au secondaire, le petit pois commencera l'école primaire. Je vais lui garder mes cahiers de devoir. Ça va l'aider.

Quand je pense au petit pois, j'imagine parfois que c'est une fille. Elle joue au hockey avec moi. Elle fait de la planche à roulettes. Elle file comme une comète.

Quand j'imagine que c'est un garçon, je me vois courir avec lui. On regarde les étoiles, tous les deux. On joue à des jeux vidéo et on échange nos jouets.

On va déménager. Mes parents disent que c'est trop petit, chez nous, pour deux adultes et deux enfants. J'ai envie d'avoir une nouvelle maison, mais en même temps je ne veux pas. J'ai

peur de perdre mes amis.

— Tu continueras d'aller à la
même école, Nazaire. Comme
ça, tu garderas tes vieux amis.

— Ce ne sont pas de vieux
amis.

— Et tu te feras de nouveaux amis. Les jeunes du quartier ne savent pas que bientôt un garçon extraordinaire va déménager près de chez eux.

— Je ne suis pas extraordinaire. Je suis juste ordinaire. Et puis peut-être que je n'en aurai pas, de nouveaux amis.

Mes parents rient. Ils disent que c'est impossible qu'un beau garçon comme moi, courageux, généreux et ingénieux, ne rencontre pas de nouveaux copains. Ils disent que je suis un ami en or.

— Je ne suis pas en or.

— D'accord, alors tu es un petit garçon en chocolat.

— Je ne suis pas en chocolat. Et puis, à part ça, le chocolat, ça fond. Et ça se mange, en plus.

Je n'ai pas envie de me faire manger tout rond, vous saurez.

Je cours dans ma chambre pleurer dans le poil de Caramel. Je téléphone à mon grand-père. Ça sonne. Un coup. Deux coups. Trois coups... Ah misère! Il doit encore être parti courir dans les bois...

— Allô!

Fiou! Il est là.

— Allô! Grand-papa.

— Ah *ben*, si ce n'est pas ma souris Miquette qui m'appelle!

— Grand-papa, est-ce que tu veux m'aider à construire une cabane?

Abracadabrane!

3
Ils étaient quatre!

Rosette, notre professeur, nous appelle les trois mousquetaires, même si on est quatre. On est de vieux amis: Luca, Boris, Loulou et moi. On s'est rencontrés à la garderie Face de Lune. On était jeunes: on n'avait

même pas un an.

Boris est le plus vieux. Son anniversaire est un mois avant le mien. C'est peut-être pour ça qu'il veut toujours être le chef, le premier, le meilleur, le plus fin.

On dirait qu'il a peur qu'on l'oublie ou qu'on ne l'aime plus. Il parle fort, il se vante sans arrêt, il nous pousse. Je vous dis que c'est fatigant. Si j'étais un sorcier, je le changerais en biscuit soda. Abracadacrac!

Mais à d'autres moments, Boris est super fin.

Luca, c'est mon meilleur ami, mais ça, vous le savez déjà.

Loulou, c'est... c'est ma blonde. Le problème, c'est que c'est aussi la blonde de Boris et de

Luca. Ça ne fait pas vraiment mon affaire. D'abord parce que c'est moi qui me marierai avec Loulou.

Et puis aussi parce que, dès notre première rencontre, Loulou et moi, on s'est donné un coup de foudre. Boung!

Je les comprends, Boris et Luca, d'être amoureux de Loulou. Elle est tellement belle!

En plus, Loulou est championne de ballon ressuscité. Elle court vite. Elle porte des espadrilles clignotantes. À chaque pas qu'elle fait, on dirait qu'elle rebondit sur un nuage.

Ce soir, Loulou vient se faire garder chez moi. Quand je suis seul avec elle, je veux bien jouer à certains jeux comme à la Barbie ou au salon de coiffure.

Mais si les gars étaient là (je veux dire Boris et Luca), je pense que je ne voudrais pas. Je serais trop gêné.

Moi, je suis le client et Loulou est la coiffeuse. Elle me peigne. Elle me fait la barbe. C'est agréable, mais un peu gênant, surtout quand elle veut me mettre une barrette.

Loulou adore jouer dans les

cheveux. Elle se fait toujours des coiffures... électriques. Ça lui va bien. C'est peut-être pour ça que j'ai attrapé un coup de foudre.

— Loulou, on joue au père et à la mère?

— D'accord, Nazaire, mais ensuite, on joue au lego.

On imagine qu'on est mariés et qu'on a des dizaines d'enfants: des jumeaux, des triplés, des nouveau-nés. Et Loulou est enceinte de douze petits pois.

On habite une grande maison. Nos enfants ont des planches à roulettes, des télescopes, trois chiens, deux chats, une tortue, des amis et un grand-papa sorcier.

On ne manque pas de nourriture ni de travail et on n'est

pas malades. On est juste heureux. Très heureux. Et personne n'est allergique au crabe mou. Abracadabrou!

4
Mêlez-vous
de nos oignons!

Le samedi, au marché, plusieurs personnes achètent des légumes, des fruits, des oeufs et des fleurs. Il y a des odeurs et des couleurs extraordinaires. Souvent, le marchand de fruits me fait goûter à un melon ou à une cerise. Il est adorable.

Partout, on entend crier: «Des beaux choux-fleurs à vendre! Des belles laitues, soixante-quinze cents, deux pour une piastre.»

Parfois, un marchand se promène avec des ballons en forme de clown, de dauphin, de schtroumpf. Chaque fois, je demande à mes parents de m'en acheter un. Chaque fois, ils me répondent... «non», bien entendu.

Mais je ne me décourage pas. On ne sait jamais, peut-être qu'un jour ils vont changer d'idée. Ils sont surprenants, les adultes, parfois.

Juste comme on termine nos achats, talalam! on rencontre Luca, Jorge et Monique. Jorge, c'est le père de Luca. Monique, c'est sa mère, mais vous le savez déjà.

Comme ils habitent près du marché, ils nous invitent à prendre une petite bière chez eux. Une petite bière! Franchement!

Je ris dans ma barbe.

Les adultes s'invitent toujours à prendre une bière! Et quand ce n'est pas une bière, c'est un café! Deux choses que les enfants n'aiment pas.

En tout cas, moi, je n'aime ni la bière ni le café. Parfois, je prends la mousse dans le verre de bière de mon grand-père. Mais ce n'est pas parce que je trouve ça bon, non. C'est pour me faire une moustache.

Pendant que les adultes biberonnent, Luca et moi, on fait une partie de dames chinoises. Luca gagne, mais ça ne me dérange pas parce que moi aussi, je gagne parfois.

Luca et moi, on essaie d'être de bons perdants, même si c'est difficile un peu.

Au moment où on commence une partie de serpents et échelles, mes parents disent qu'il est temps de rentrer à la maison.

— Non, pas tout de suite. On veut jouer encore.

Luca et moi, on a parlé en même temps. Ça nous arrive souvent. On se regarde et on sourit. Peut-être que c'est quelque chose qui remonte au temps des bedaines de nos mères.

On accroche nos petits doigts ensemble et on fait un souhait. Puis on dit la formule magique des souhaits:

— Zip zip zoup! Qu'est-ce qui sort par la cheminée?

— De la fumée!

— Quelle couleur elle est?

Je dis: «rouge!» parce que

Luca a un chandail rouge. Luca dit: «bleu!» parce que mes chaussettes sont bleues. Je dis: «Nazaire». Luca dit: «Luca».

Puis je dis le nom de Luca à l'envers: «Ca-lu», et Luca dit le mien à l'envers aussi: «Zaire-na». On décroise nos doigts.

Mon souhait, c'est de jouer encore un moment chez Luca. Et, croyez-le ou non, ça marche!

— Restez donc à manger! dit Jorge. On a plein de bons légumes du marché. On va improviser un petit repas!

— Oui, oui, maman! Oui, oui, papa!

— Oh oui! Oui! rajoute Luca en sautant comme un kangourou.

Mes parents se regardent, sourient et... ils acceptent. Luca et moi, on fait:

— Yahou!

Et ce yahou-là veut dire qu'on est contents.

On mélange nos achats: on sort nos tomates et nos courgettes. Ils prennent leurs poivrons et leurs aubergines. Ils se mêlent de nos oignons. Et on mange des pâtes avec de la ratatouille. Mmmm...

Monique nous annonce que, demain, nous partons en expédition, tous les six!

— Tous les huit!

— Pourquoi tous les huit, Nazaire? dit Jorge.

Il y en a qui ne savent pas compter! Et ce n'est pas nécessairement les plus petits! Ça, je vous le garantis.

— Avec Caramel et le petit pois, ça fait huit!

— Ah bon! Tous les huit, alors!

— Je vais vous amener là où je jouais quand j'étais petite, dit Monique. Nous allons grimper tout en haut d'une montagne.

Luca et moi, on fait:

— Yahou!

Et ce yahou-là veut dire qu'on est heureux.

— Là où on va, ça s'appelle Sainte-Barbe.

Sainte-Barbe! Drôle de nom!

Luca et moi, on pouffe de rire.

— Est-ce que les montagnes sont barbues à Sainte-Barbe?

— Est-ce qu'elles piquent quand on grimpe dessus?

Luca et moi, on joue tellement longtemps qu'on ne s'aperçoit pas que, dehors, il fait noir. On bâille comme des poissons rouges.

— Nazaire peut rester à dormir à la maison, dit Monique.

— Aucun problème, dit mon père, si Nazaire est d'accord.

— Euh... non. J'aimerais mieux dormir dans mon lit.

Je sais qu'en disant ça je fais de la peine à Luca, mais ça ne me tente pas de dormir chez lui.

— Ne t'en fais pas, Luca, demain on va se revoir.

Mais Luca est triste. Je le

sens. Je le sais toujours quand mes amis ont du chagrin. Surtout lui. Surtout Luca. Peut-être parce que c'est mon plus vieux copain.

— Et si toi, tu venais dormir chez nous?

Mais Luca s'empresse de dire non.

— Est-ce que tu fais du boudin, Luca?

— Je ne boude pas. Moi aussi, j'ai envie de dormir dans mon lit.

— Ah bon!

Une fois dans la voiture, mon père me demande pourquoi je ne voulais pas dormir chez Luca.

— Parce que...

— Et toi, tu sais pourquoi Luca préférait dormir chez lui?

— Parce que ça lui tentait, je suppose.

— Moi, je le sais, dit mon père. C'est parce que Luca fait pipi au lit parfois. Et ça le gêne de dormir ailleurs que chez lui.

— Ah... ah bon!

Abracadabron!

5
Les rapaces de l'espace

Comme tous les lundis, Rosette fait la causerie.

— Avez-vous passé une belle fin de semaine, les amis?

— Bien oui, Rosette, bien oui.

— Qu'est-ce que tu as fait, toi?

— J'ai joué.

— À quoi tu as joué?

— J'ai joué à toutes sortes de choses, Rosette.

D'habitude, ça se passe comme ça. Mais aujourd'hui, c'est différent. J'ai envie de raconter ma journée de dimanche. C'était tellement spécial.

— On a escaladé la monta-
gne de Sainte-Barbe. En haut,
on voyait loin, loin, loin: des
villages, une rivière, des forêts,
des routes. On aurait dit que les
autos étaient des insectes. Et, en
plus, on a vu un rapace.

— Oui, on a vu un rapace, dit
Luca.

— Je croyais que c'était un
aigle, mais le père de Luca a dit
que c'était un faucon.

— Oui, mon père a dit que
c'était un faucon.

— Un faucon, c'est quand
même un peu épeurant, hein,
Luca?

— Ah oui! c'est épeurant.

— Moi, je croyais que les
faucons mangeaient des mou-
tons. Je voulais que Caramel
reste près de moi. J'avais peur

qu'elle se fasse enlever. Mais le père de Luca a dit que les faucons mangeaient plutôt des souris, des mulots, des choses comme ça.

— Ouais... des trucs comme ça, ajoute Luca.

Je viens pour raconter la suite

de l'expédition, mais Boris dit:

— Bof. Moi, c'est bien mieux: je suis allé voir *Les rapaces de l'espace 4.*

— Wôw! fait presque toute la classe.

— Je suis chanceux, hein? dit Boris en me regardant avec un sourire au coin des lèvres.

Mon coeur se met à battre fort, fort. Je ne suis même plus capable de dire un seul mot. J'ai le souffle coupé: Boris a vu *Les rapaces de l'espace 4.* Moi, ma mère, elle ne veut pas que j'aille le voir. Elle dit que c'est un film trop violent.

J'ai vu *Les rapaces de l'espace 1* avec mes parents. J'ai vu un bout du *2* quand je suis allé chez Boris, parce qu'il a la cassette chez lui. J'ai vu la bande-annonce du *3* à la télé. J'ai vu l'affiche du *4* au cinéma. C'est tout.

Mais Boris, lui, a vu le vrai film! Ce n'est pas juste. C'est toujours lui qui a tout.

Ma gorge est serrée comme si j'avais un os coincé dans le gorgoton. Ou comme si j'avais avalé une patte de crabe mou. Si je ne sors pas de la classe dans une minute, je vais me mettre à pleurer comme un bébé.

J'aurais envie d'aller dans le ventre de ma mère pour voir mon frère ou ma soeur.

— Toc toc toc. Eh ho! C'est Nazaire! Laisse-moi entrer, petit pois. J'ai un gros chagrin à te raconter. Fais-moi une petite place dans ta bulle.

Abracadabrulle!

6
Quand c'est non, c'est oui, quand c'est oui, c'est non!

— Je ne veux pas aller à l'école ce matin, maman.

— Nazaire, ce n'est pas possible.

— Mais toi, tu ne vas pas travailler aujourd'hui.

— J'ai rendez-vous chez le médecin.

— Je veux y aller avec toi.

— Non, Nazaire. Tu viendras avec moi le jour où je passerai l'échographie. Aujourd'hui, tu vas à l'école.

— Ah! maman! Il n'est pas juste à toi, ce petit pois-là. C'est aussi mon frère ou ma soeur, après tout.

— Nazaire, je ne discute plus. Il est huit heures cinq. Viens, je te raccompagne à l'école.

Ma mère a la tête dure comme du bois de chauffage. Ça ne sert plus à rien d'insister, j'ai perdu la bataille.

— Mamou, est-ce qu'on amène Caramel mou avec nous?

— Si tu veux.

— Yahou!

Nous trottinons tous les trois sur le trottoir. C'est moi qui tiens Caramel en laisse. Ma mère, elle, je la tiens par la main. Pas besoin de l'attacher, elle est capable de marcher toute seule.

Mes amis sont déjà dans la cour de l'école.

— Hé, Boris, Luca, Loulou! Venez voir ma Caramel!

Caramel joue à la vedette. Elle se dresse sur ses pattes de derrière et se hisse tout contre la clôture. Elle renifle mes amis.

— Caramel, lui, c'est Boris.

— Enchanté! dit Boris en lui serrant la patte.

— Snouf snouf, fait Caramel en le flairant.

On rit comme des souris. Luca aussi serre la patte de Caramel. Elle connaît Luca et elle lui dit bonjour. En chien, comme de raison: elle bâille comme une grosse bibite et elle bat de la queue.

Loulou, elle, a droit à un petit coup de langue sur la joue. C'est un baiser de chien. Sacrée Caramel. Elle n'est pas gênée. Moi, je n'oserais jamais faire ça même si je meurs d'envie d'embrasser Loulou.

— Hé, Nazaire, ce serait drôle si Caramel venait dans la classe avec nous, dit Luca.

— Oh oui! Elle s'assoirait à un pupitre et on lui donnerait un cahier et un crayon, dit Boris.

— Oui, mais attention, hein? Elle m'a déjà bouffé trois

crayons. Elle a des dents de re-
quin, cette chienne-là.

— Ce serait drôle si Rosette
lui posait des questions.

— Caramel répondrait: «Wouf
wouf».

— Et wouf wouf, ça voudrait
dire oui.

— Et grrr grrr, ça voudrait
dire non.

— Et mmm mmm, ça veut
dire: bonne journée, Nazaire, dit

ma mère en m'embrassant.

Je lui fais un bisou sur la joue. J'en donne un au petit pois à travers la bedaine de maman, et je fais un gros câlin à Caramel.

— Bonne journée, mamou. Bonne journée, petit pois. Bonne journée, Caramel.

— Wouf wouf wouf wouf wouf! fait Caramel.

Ça veut dire: salut, Nazaire.

— On joue à quand c'est oui, c'est non? demande Loulou.

— *Yes!*

C'est Boris qui a inventé ce jeu-là. J'adore jouer à ça. Il faut dire le contraire de ce qu'on pense. C'est rigolo. C'est un de nos jeux préférés à la récréation.

— Moi, ce que je déteste le plus au monde, dit Boris, c'est

la crème glacée.

— Beurk! la crème glacée!

Et on rit comme des singes.

— Moi, j'adore le crabe mou. Je ne suis pas du tout allergique au crabe mou.

— Moi, je raffole des tomates et des champignons, dit Loulou.

— Beurk! des champignons! Euh... je veux dire: miam! dit Luca en faisant la grimace. Des champignons, j'en mangerais quatorze fois par jour. Mais pas des tomates. Les tomates, c'est dégueulasse!

— C'est pas dégueu! dit Loulou avec son accent pointu. C'est vachement bon, les tomates.

Quand Loulou parle, on dirait que sa voix sort d'un film. C'est parce que sa mère est Française.

Loulou me chuchote à l'oreille qu'elle déteste les tomates. Ses cheveux me chatouillent le nez. Elle sent bon, Loulou.

Elle me sourit et j'aperçois une dent d'adulte entourée de dents de lait. On dirait un trésor. Elle est tellement belle que j'oublie que je ne suis pas tout seul.

— Moi, c'est toi, Loulou, que je déteste.

Tout le monde me regarde. J'ai un sourire figé comme quand on prend une photo. Je suis sûr que je dois avoir l'air d'une belle pâte.

Je sens que je deviens rouge comme une tomate. J'aurais envie de m'écraser dans une sauce à spaghettis. Même mes jambes sont molles comme des cannellonis.

— Moi aussi, je te déteste, Nazaire. Tu n'es pas beau, tu n'es pas fin, tu es épouvantable, dit la belle Loulou... euh, l'affreuse Loulou.

— Yahou!

C'est dans mon coeur que ça a crié! Et ce yahou-là veut dire que je suis amoureux.

Abracadabreux!

7
L'échographie

Cet après-midi, c'est l'écho-graphie. J'ai congé d'école. Mon père, mon grand-père et moi, nous accompagnons ma mère et le petit pois à l'hôpital.

L'échographie, c'est comme une photographie du petit pois dans le ventre de maman. Ça ne fait pas mal, sauf que ça donne envie de pipi. À ma mère, pas à nous.

Elle est comique, maman, au-jourd'hui. Elle est assise sur sa chaise. Elle bouge ses jambes sans arrêt.

— Pourquoi tu ne restes pas

tranquille, maman?

— J'ai envie de pipi, me dit-elle tout bas.

Ça fait au moins quatre verres d'eau que ma mère boit. Même si elle n'a plus soif, il faut qu'elle boive encore. Et elle n'a pas le droit d'aller aux toilettes, sinon la photographie ne sera pas bonne.

Dans la salle d'attente, il y a beaucoup de monde. Il y a un monsieur qui a envie de pipi parce qu'il gigote.

Il a une grosse bedaine et... Ah! j'espère que...

Non, non, Nazaire, ce n'est pas possible, voyons! Les hommes ne peuvent pas avoir de bébé dans leur ventre!

Les médecins sont perdus dans l'hôpital. On entend dans un

haut-parleur une voix qui les cherche: «Dr Bourdages est demandé au poste de contrôle. Dr Bourdages. Le Dr Morrissette est demandé à l'urgence, le Dr Morrissette.»

Ils répètent toujours leurs noms, comme s'ils étaient sourds.

À l'hôpital, mon grand-père

n'a pas apporté sa baguette magique qui lui sert à trouver de l'eau.

— Pas besoin. Si tu cherches de l'eau, va voir ta mère, elle en est pleine.

— Ah! tu n'es pas drôle, papa!

Ça me fait toujours bizarre d'entendre ma mère appeler mon grand-père «papa». J'ai de la difficulté à imaginer que ma mère était une petite fille. Et que mon grand-père avait l'âge de mon père.

Enfin, c'est à notre tour d'entrer dans la salle d'échographies. C'est une toute petite pièce. Il fait noir comme au cinéma. Mais ici, il n'y a pas de maïs soufflé. Dommage.

Ma mère enfile une jaquette. Elle se couche sur un genre de

divan. Une infirmière lui met du jello transparent sur le ventre. Ensuite, elle promène une sorte de micro sur son ventre.

— Ne pesez pas trop fort, je vais faire pipi.

L'échographie est en noir et blanc. Ils n'ont sûrement pas le câble, ici, parce que c'est très embrouillé. Ce que je vois à la télé ne ressemble pas beaucoup à un bébé.

L'infirmière mesure quelque chose sur l'écran de la télévision. On voit un point qui clignote dans l'image.

— C'est le coeur du bébé.

Yahou! Notre bébé a un coeur. Et il bat. Et il clignote. On est là, tous les quatre, avec le sourire fendu jusqu'aux oreilles. Papa tient la main de maman. Grand-papa me prend la main, lui aussi, et maman me caresse les cheveux.

— Est-ce que c'est une fille ou un garçon?

— On ne peut pas savoir: il s'est retourné, dit l'infirmière.

— Ah *ben*, le petit *écureux*!

— Ce n'est pas un *écureux*, grand-papa, c'est un bébé.

Ma mère éclate de rire et... fait un peu pipi.

— Tu vois, maman, il n'y a pas juste à moi que ça arrive!

Quand l'échographie est terminée, mon grand-père propose qu'on aille boire à la santé du petit pois.

— Non merci, j'ai assez bu, dit maman en se dirigeant vers les toilettes. Par contre, je mangerais un petit quelque chose.

J'ai un creux.

Mon père, mon grand-père et moi, on se regarde en souriant. On chuchote pour ne pas qu'elle nous entende.

— Qu'est-ce qu'elle va vouloir manger cette fois-ci, vous pensez? demande papa en ricanant. Des nouilles au chocolat?

— Ou des champignons au beurre d'arachide! ajoute mon grand-père en me faisant un clin d'oeil.

— Ou de la confiture de poulet!

— Oui, Nazaire! C'est une excellente idée! réplique ma mère de l'autre côté de la porte des toilettes. De la confiture de poulet avec des cerises, du vinaigre et de la ratatouille!

Abracadabrouille!

Table des matières

Achevé d'imprimer
sur les presses de Litho Acme Inc.